I0682678

LE SIÈCLE D'OR,

OU

LE BONHEUR DE LA FRANCE,

STROPHES

En l'honneur de la Naissance du Prince,

ROI DE ROME,

héritier du Trône du grand Napoléon.

LE SIÈCLE D'OR,

OU

LE BONHEUR DE LA FRANCE,

STROPHES

En l'honneur de la Naissance du Prince,

ROI DE ROME,

héritier du Trône du grand Napoléon.

Par M. Julien PAQUES, Contrôleur des Droits Réunis.

PARIS,

IMPRIMERIE DE GILLÉ, RUE S.ᵀ-JEAN-DE-BEAUVAIS.

M DCCC XI.

LE TRIOMPHE DE NAPOLÉON.

PREMIÈRE STROPHE.

Ainsi Dieu réservait un sauveur à la terre,
Mars, au milieu des camps, des haines, de la guerre,
Te conservait, ô France ! un régénérateur :
Vois, dans Napoléon, ton père et ton sauveur ;
Des sables africains aux rives de la Seine,
Un miracle divin tout-à-coup le ramène ;
Et la patrie en pleurs, sur les bords du tombeau,
De la Discorde, enfin, voit pâlir le flambeau.
L'Envie et ses serpens n'osent lever la tête ;
Albion veut en vain exciter la tempête ;
La France est relevée, et son héros vainqueur,
Assure à l'Univers la paix et le bonheur.

VICTOIRES DU GRAND NAPOLÉON.

DEUXIÈME STROPHE.

Dans ce pays fameux, fier jadis d'être libre,
L'Adige, l'Eridan, le Mincio, le Tibre,
Murmurant ce grand nom si cher à nos guerriers,
L'attendent de nouveau le front ceint de lauriers :
Aux champs de Marengo, Bellonne et la Victoire,
En fixant nos destins, ont illustré sa gloire;
Mais ce n'est pas assez : dans Austerlitz vainqueur,
Tilsitt va le nommer le pacificateur :
Partout les Léopards et les trames anglaises
Succombent terrassés par les aigles françaises;
Du Tage à la Newa ses pas triomphateurs,
Subjuguent la nature et gagnent tous les cœurs.

PRÉLIMINAIRES DE LA PAIX.

TROISIÈME STROPHE.

Tous les peuples vaincus ont déposé les armes ;
Aux accens de la paix se tarissent les larmes ;
Les Lettres et les Arts reprennent leur éclat ;
Au sein de ses parens rentre chaque soldat ;
Mille héros rendus aux champs, à la culture ,
Nouveaux Cincinnatus, conservent leur armure ;
Mais leur tâche est remplie, et Vénus à son tour ,
Porte dans tous les cœurs les doux feux de l'amour :
Oui, Jupiter lui-même a posé son tonnerre ;
Les plaisirs et les ris reviennent sur la terre ;
Tout jouit, tout respire, et les peuples ravis,
Célèbrent le retour de Mars et de Cypris.

ALLIANCE DE LA FRANCE

ET DE L'AUTRICHE.

QUATRIÈME STROPHE.

La discorde n'est plus : salut, douce harmonie ! . . . .
La France pour jamais à l'Autriche s'allie ;
Tous les Dieux réunis admirent son héros ;
L'Univers sous ses lois va trouver le repos ;
Et les Léopards seuls d'un succès chimérique,
Confus et retirés dans leur antre anarchique,
Nourrissent vainement leur orgueil monstrueux ;
Le tems a fait tomber leur masque audacieux ;
Oui, malgré les efforts de cette autre Carthage,
Le continent d'accord repousse enfin l'outrage,
Chante notre union au trône des Césars,
Et bénit les travaux du digne fils de Mars.

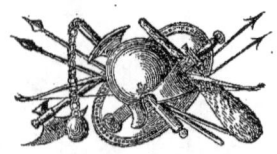

MARIAGE DU GRAND NAPOLÉON

ET DE MARIE-LOUISE.

CINQUIÈME STROPHE.

QUEL moment enchanteur! quels plaisirs! quelle scène!
Les Nymphes, les Tritons, du Danube à la Seine,
Unissent leurs transports, leurs accords et leur voix;
Les Français sont Germains, et les Germains Gaulois;
Les Aigles s'embrassant n'ont plus qu'une patrie.
Tout s'enflamme et renaît sous les pas de Marie :
Magistrats, citoyens, goûtent le vrai bonheur;
La France prosternée, admire son vainqueur
Porter le désespoir aux bords de la Tamise,
En recevant la main de l'auguste Louise;
Et sur le premier trône on va voir à jamais
Renaître la valeur, les vertus et la paix.

LA FRANCE

TÉMOIGNANT SA RECONNAISSANCE A SON GÉNIE

SUR CETTE ALLIANCE.

SIXIÈME STROPHE.

Noble et puissant génie ! ô sauveur de la France !
Tu méritas cent fois cette belle alliance :
Des Français enchantés écoutes les accens,
Pour toi seul en ce jour vois fumer leur encens :
Témoin de leurs plaisirs, de leur vive tendresse,
Jouis de leurs transports, partage leur ivresse ;
Règnes sur tous les cœurs, agis, commande en roi,
Te plaire et t'obéir est la suprême loi :
Une princesse illustre a captivé ton ame,
Le bonheur est le prix d'une si belle flamme ;
Et le Myrte amoureux, gage heureux de la paix,
De l'auguste Louise annonce les bienfaits.

MINERVE, APOLLON

ET LES DIEUX DE L'OLYMPE,

TÉMOIGNENT LEUR JOIE.

SEPTIÈME STROPHE.

L'UNIVERS retentit d'une sainte harmonie,
Et les Dieux immortels bénissent le Génie :
Apollon sur sa lyre accorde de doux sons ;
Les Muses à l'envi chantent ses actions ;
Jupiter a cessé de lancer le tonnerre ;
Tout rayonne de joie aux cieux et sur la terre ;
Vénus avec sa cour, vient charmer tous les yeux ;
Mars est brillant de gloire et préside les jeux ;
Clio d'un si beau jour enrichit notre histoire ;
La Renommée, instruite au temple de Mémoire,
Des portes d'Occident aux portes d'Orient,
Publie avec éclat un lien si charmant.

NAISSANCE DU PRINCE ROI DE ROME,

HÉRITIER DU TRONE DU GRAND NAPOLÉON.

HUITIÈME STROPHE.

O moment désiré! jour heureux, jour prospère!
Tu viens combler les vœux que fait toute la terre :
Du grand Napoléon un digne successeur,
De la France à jamais assure le bonheur!
Puisse ce rejeton, d'une tige adorée,
Soutenir le grand nom dont elle est décorée,
Et montrer au héros dont il reçoit le jour,
Qu'il mérite nos vœux, le trône et son amour.
O prince fortuné! doux espoir de la France!
Pour nous, comme pour toi, fasse la Providence,
Qu'héritier des vertus de tes nobles ayeux,
Ton règne soit béni par nos petits neveux.

VOEUX DE LA FRANCE AUX DIEUX

POUR LE RÉTABLISSEMENT DE SA MAJESTÉ.

NEUVIÈME STROPHE.

Dieux puissans ! Dieux amis de notre chef auguste,
Exaucez les souhaits du Français simple et juste ;
Protégez l'heureux fruit d'un précieux hymen ;
Rendez pour nous la France un vrai jardin d'Eden.
Fasse le juste ciel que notre souveraine,
N'ait rien à redouter de la parque inhumaine,
Et que bientôt rendue à son illustre époux,
Les ris, les jeux, l'amour renaissent parmi nous.
France, veilles toujours sur l'auguste Louise,
Et fidelle au serment de lui rester soumise,
Publie avec transport son rétablissement,
Et la prospérité de ton Prince naissant.

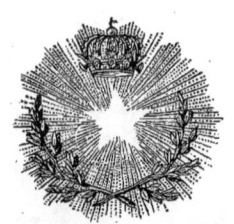

ACTION DE GRACE

POUR LE RÉTABLISSEMENT DE MARIE-LOUISE.

DIXIÈME STROPHE.

Je t'invoque à genoux, divine Providence,
Rends la mère du pauvre et l'appui de la France,
A ses tendres enfans, aux vœux de ses sujets,
Et paye ainsi pour nous tous ses nombreux bienfaits.
A l'ombre des lauriers cueillis par notre Alcide,
Que le doux olivier ombrage son égide ;
Et qu'ainsi les rameaux de ce couple sacré,
Seul espoir des Français et d'un nom révéré,
Aillent croissant sans cesse , et préservent nos têtes
Des horreurs de la guerre et des noires tempêtes ,
Et que leur règne enfin donne aux siècles futurs,
Un bonheur sans nuage et des plaisirs plus purs.

A NAPOLÉON

ET A MARIE-LOUISE.

ONZIÈME STROPHE.

Enfant chéri de Mars, de l'Amour et des Grâces,
Puisse ainsi le bonheur s'établir sur tes traces :
Vous, sa noble moitié, de son Trône l'appui,
Règnez, vivez long-tems pour nous comme pour lui,
Des présages heureux nés de votre alliance,
On ressent les effets en ce jour dans la France :
Oui, de la Germanie une illustre beauté
Relève parmi nous l'antique majesté :
D'un noble descendant elle enrichit le Trône,
Des plus belles vertus cimente sa couronne ;
Les Français, les Germains, dans le fils des Césars,
Trouveront Apollon, et Minerve avec Mars.

SCEAU DE L'ÉTAT.

DOUZIÈME ET DERNIÈRE STROPHE.

Présages enchanteurs du doux siècle de Rhée,
Nous sommes transportés au beau règne d'Astrée;
Tout éclôt sous les pas du grand Napoléon,
Et Louise paraît pour assurer ce nom.
La foudre qui grondait cesse devant Marie,
Tout s'anime et tout prend une nouvelle vie;
Le Danube confond dans la Seine ses eaux;
Les aigles dans les airs célèbrent leurs travaux,
Et du sceau de l'Etat ces augustes emblèmes,
Relèvent sans retour les plus beaux Diadèmes,
Qui, fixant de tous tems le sort de l'Univers,
Commanderont aux cieux, sur la terre et les mers.

www.ingramcontent.com/pod-product-compliance
Lightning Source LLC
Chambersburg PA
CBHW061625180626
46818CB00005B/2241